兒童文學叢書
・影響世界的人・

會走動的百科全書

聽亞里斯多德說天道地

姚嘉為／著

翱　子／繪

國家圖書館出版品預行編目資料

會走動的百科全書：聽亞里斯多德說天道地／姚嘉為
著; 翱子繪.――初版二刷.――臺北市: 三民，2022
　　　面；　　公分.――（兒童文學叢書·影響世界的
　　　人系列）

　　ISBN 978-957-14-4003-3　（精裝）
　　1. 亞里斯多德(Aristotle, 384 B.C.–322 B.C.)―傳記
　―通俗作品

141.5　　　　　　　　　　　　　　　93002447

影響世界的人系列

會走動的百科全書
——聽亞里斯多德說天道地

著 作 人	姚嘉為
繪　　圖	翱子

發 行 人	劉振強
出 版 者	三民書局股份有限公司
地　　址	臺北市復興北路 386 號 (復北門市)
	臺北市重慶南路一段 61 號 (重南門市)
電　　話	(02)25006600
網　　址	三民網路書店 https://www.sanmin.com.tw

出版日期	初版一刷 2004 年 4 月
	初版二刷 2022 年 4 月
書籍編號	S781061
I S B N	978-957-14-4003-3

三民書局

多彩多姿的世界

（主編的話）

　　小時候常常和朋友們坐在後院的陽臺，欣賞雨後的天空，尤其是看到那多彩多姿的彩虹時，我們就爭相細數，看誰數到最多的色彩——紅、黃、藍、橙、綠、紫、靛，是這些不同的顏色，讓我們目迷神馳，也讓我們總愛仰望天際，找尋彩虹，找尋自己喜愛的色彩。

　　世界不就是因有了這麼多顏色而多彩多姿嗎？人類也因為各有不同的特色，各自提供不同的才能和奉獻，使我們生活的世界更為豐富多彩。

　　「影響世界的人」這一套書，就是經由這樣的思考而產生，也是三民書局在推出「藝術家系列」、「文學家系列」、「童話小天地」以及「音樂家系列」之後，策劃已久的第六套兒童文學系列。在這個沒有英雄也沒有主色的年代，希望小朋友從閱讀中激勵出各自不同的興趣，而各展所長。我們的生活中，也因為有各行各業的人群，埋頭苦幹的付出與奉獻，代代相傳，才使人類的生活走向更為美好多元的境界。

　　這一套書一共收集了十二位傳主（當然影響世界的人，包括了形形色色的人群，豈止十二人，一百二十人都不止），包括了宗教、哲學、醫學、教育與生物、物理等人文與自然科學。這一套書的作者，和以往一樣，不僅學有專精又關心下一代兒童讀物的品質，所以在文字和內容上都是以深入淺出的方式，由作者以文學之筆，讓孩子們在快樂的閱讀中，認識並接近那影響世界的人，是如何為人類貢獻，帶來福祉。

　　第一次為孩子們寫書的龔則韞，她主修生化，由她來寫生物學家孟德爾，自然得心應手，不做第二人想。還有唐念祖學的是物理，一口氣寫了牛頓與愛因斯坦兩位大師，生動又有趣。李笠雖主修外文，但對宗教深有研究。謝謝他們三位開始加入為小朋友寫作的行列，一起為兒童文學耕耘。

　　宗教方面除了李笠寫的穆罕默德外，還有王明心所寫的耶穌，和李民安

所寫的釋迦牟尼，小朋友讀過之後，對宗教必定有較為深入了解。她們兩位都是寫童書的高手，王明心獲得2003年兒童及少年圖書金鼎獎，李民安則獲得2000年小太陽獎。

　　許懷哲的悲天憫人和仁心仁術，為人類解除痛苦，由醫學院出身的喻麗清來寫他，最為深刻感人。喻麗清多才多藝，「藝術家系列」中有好幾本她的創作都得到大獎。而原本學醫的她與許懷哲醫生是同行，寫來更加生動。姚嘉為的文學根基深厚，把博學的亞里斯多德介紹給小朋友，深入淺出，相信喜愛思考的孩子一定能受到啟發。李寬宏雖然是核子工程博士，但是喜愛文學、音樂的他，把嚴肅的孔子寫得多麼親切可愛，小朋友讀了孔子的故事，也許就更想多去了解孔子的學說了。

　　馬可波羅的故事我們聽得很多，但是陳永秀第一次把馬可波羅的故事，有系統的介紹給大家，不僅有趣，還有很多史實，永秀一向認真，為寫此書做了很多研究工作。而張燕風一向喜愛收集，為寫此書，她做了很多筆記，這次她讓我們認識了電話的發明人貝爾。我們能想像沒有電話的生活會是如何的困難和不便嗎？貝爾是怎麼發明電話的？小朋友一定迫不及待的想讀這本書，也許從中還能找到靈感呢！居禮夫人在科學上的貢獻是舉世皆知，但是有多少人了解她不屈不撓的堅持？如果沒有放射線的發現，我們今天不會有方便的X光檢查及放射性治療，也不會有核能發電及同位素的普遍利用。石家興在述說居禮夫人的故事時，本身也是學科學的他，希望孩子們從閱讀中，能領悟到居禮夫人鍥而不捨的精神，那是一位真正的科學家，腳踏實地的真實寫照。

　　閱讀這十二篇書稿，寫完總序，窗外的春意已濃，這兩年來，經過了編輯們的認真編排，才使這一套書籍又將在孩子們面前呈現。在歲月的流逝中，這是多麼令人高興的事，我相信每一位參與寫作的朋友，都會和我有一樣愉悅的心情，因為我們都興高采烈的在一起搭一座彩虹橋，期望未來的世界更多彩多姿。

作者的話

　　從前不管是上生物學、哲學、心理學還是教育學，老師都是從亞里斯多德談起，讓我印象深刻，世界上竟會有這麼博學的人！我也十分好奇，他出生於兩千多年前，為什麼到現在還會對全世界的科學、哲學、人文、社會科學有影響力？

　　他是大科學家，在他那個時代，學問還沒有細分成專門的學科，所以哲學和科學不分，醫學和動物學不分，天文和物理不分。他不但對這些學問都有見解，更把它們綜合起來，形成對世界的整體看法。他把大自然當實驗室，用科學方法，將生物分類，對地球、日月星辰、山川海洋仔細觀察，提出假設，用推理得到結論，對後代產生深遠的影響。

　　在亞里斯多德的時代，研究工具非常少，他研究天文沒有望遠鏡，測量溫度沒有溫度計，量時間沒有鐘錶，更不要說顯微鏡和電腦了，但是卻不影響他的成就。他有什麼超出凡人之處呢？依我看來，大致有幾點：

　　追根究底的好奇心。他一生都在不斷的問問題，找答案，這些問題都非常龐大複雜，但是他不放棄。

　　敏銳的觀察力。他不但養成凡事觀察的習慣，而且能看出別人沒有看到的地方。觀察需要有耐心，有時候花很長的時間還不一定得到結果。

　　豐富的想像力。他能從複雜的現象中，提出假設，提出理論來解釋種種現象，這需要豐富的想像力與聯想力。

　　講求方法。他有科學精神，創造分類和邏輯等方法，來證明提出的理論和觀察。

　　他是希臘三大哲學家之一，喜愛人生的智慧。他一生努力追求

真理知識與美德，曾說過：「別人以為我最聰明，但我知道自己什麼都不知道。」從下面這個故事，我們可以看到他的謙卑。

　　從前在希臘有位年輕人，喜愛研究學問，他覺得自己和亞里斯多德一樣聰明。有一天，亞里斯多德遇見他，問他一個問題：「世界上先有蛋還是雞？」

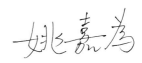

　　年輕人說：「雞是從蛋裡孵出來的，當然先有蛋啦！」

　　亞里斯多德說：「沒有雞，哪裡來的蛋呢？」

　　年輕人知道自己錯了，不甘示弱的說：「那麼你能告訴我，先有蛋還是先有雞嗎？」

　　亞里斯多德回答說：「我不知道。」

　　年輕人大笑說：「你不是跟我一樣，也不知道答案嗎？」

　　亞里斯多德說：「不一樣。你是不知道卻強以為知道，我是不知道就說不知道。不知道卻以為知道，不是真知道，不知道而說不知道，不是真的不知道。」

　　真正有學問的人，往往是誠實而謙虛的。

姚嘉為

亞里斯多德

人的特殊之處，就是具有理性。

你聽過「會走動的百科全書」這個名詞嗎？百科全書內容豐富，在其中人們能找到各種學問和知識，「會走動的百科全書」是形容那些什麼都懂的人，他們對任何學問知識，都有讓人信服的答案，就像百科全書一樣。古今中外，有許許多多的「會走動的百科全書」，如果列出一個排行榜，你想誰會是第一名呢？

　　西方的哲學家對這個問題早有答案，他就是兩千多年前希臘的哲學家亞里斯多德。他是古希臘的三大哲學家之一，是柏拉圖的學生，柏拉圖是蘇格拉底的學生。像中國的孔子一樣，他們是偉大的教師，門下有許多學生，他們把老師的思想言行記載下來，傳給後代，對世界文明產生深遠的影響。

　　亞里斯多德的偉大，不但在於他能把當時希臘各種學問綜合起來，更在於他還開創了許多新的學問。據說，他的著作有四百多種，可惜很多都失傳了，但是流傳下來的也夠驚人了。這些書討論的學問包括：生物、天文、氣象、物理、邏輯、哲學、文學批評、修辭、政治、倫理、心理和教育等等，就連今天我們使用的許多名

詞都是他創造的。他的思想影響世界兩千多年，稱他是世界上最有學問的人，確實當之無愧。

生平簡介

　　西元前 384 年，亞里斯多德出生在希臘北部馬其頓境內的斯坦歌拉城，父親是馬其頓國王的醫生，所以他從小便在醫學的環境中長大，對科學發生興趣。他的父母很早就去世了，在小亞細亞海邊由親戚撫養長大。他十八歲的時候，前往雅典，跟隨柏拉圖研究哲學二十年，是柏拉圖最得意的學生。

　　這樣一個有學問的人，我們可能以為他是書呆子，或是科學怪人，但是傳說亞里斯多德長得又高又瘦，很講究衣著，從上衣到鞋子都是當時最時髦的樣式，手上戴著珠寶戒指，像個很酷的公子哥兒。因此，我們不能只看外表哦，他內心喜愛學問超過其他的一切，他把父母留給他的財產，都用來買書，他的藏書多得就像圖書館一樣。

　　西元前 347 年，柏拉圖去世了，亞里斯多德離開雅典，回到童年居住的海邊城市，辦了一所學校。他的學生非常多，包

括一位大財主賀密亞，後來成了當地的統治者。賀密亞非常尊敬亞里斯多德，經常向他請教軍國大事，還把姪女嫁給他。結婚後，他們過著幸福美滿的生活。

不久後，亞里斯多德搬到奧林匹斯山旁的城市居住。奧林匹斯山是希臘神話中天神們居住的地方。亞里斯多德常到山下的海灣漫步，時而蹲下來撿拾海灘上的小生物，時而在山崖上摘下花草樹葉，瞧那沉思的神情，是在構思一首歌誦大自然的詩歌，還是想像著天神們的傳說？都不是呢！原來啊，喜愛科學的亞里斯多德看到世界上這麼多的動植物，便想到如果能找出每種動植物的特性，把它們分門別類，那會多有趣啊！所以他到海邊和山上，主要是為了蒐集動植物標本，帶回去觀察研究。

　　西元前 343 年，馬其頓國王菲力想替他的兒子找一位家庭教師，他有征服世界的雄心，希望兒子能繼承他的志向，因此要給他最完整的教育。談到學問，還有誰比亞里斯多德更適合呢？亞里斯多德接受了這個職位，從此聲名遠播。這位十三歲的王子便是歷史上有名的亞歷山大大帝。

菲力國王於西元前 338 年打敗了雅典和底比斯等城邦，統一了希臘，兩年後卻被人刺殺死了，二十歲的亞歷山大繼承王位。兩年後，亞歷山大率領馬其頓和希臘聯軍攻打波斯，十年內，消滅了波斯，建立了橫跨歐洲、非洲與亞洲的亞歷山大帝國。當時，他的領土西起希臘，東到印度河，南至埃及，北抵中亞，真是不可一世的英雄。

這段時期內，亞里斯多德先到外地遊歷，然後回到雅典，創辦了萊休姆學院，許多人前來跟隨他。他的教學方法一點兒也不枯燥，他常和學生在運動場的人行道上，一邊漫步，一邊討論各種學問，遠遠望去很逍遙的樣子，因此後人把他的學派稱為「逍遙學派」。

西元前 323 年，亞歷山大攻打印度回來時，在路上生病死了，享年只有三十二歲，消息傳回希臘，國內立刻四分五裂。雅典人開始攻擊亞歷山大的老師亞里斯多德，說他不尊敬神，判他有罪，而當年蘇格拉底就是因不敬神罪而被判喝毒酒自殺的，亞里斯多德不願意遭到相同的命運，便離開雅典到加爾西斯去，第二年去世，享年六十三歲。

希臘的環境

　　希臘位於南歐巴爾幹半島南端，許多高山把陸地分割成小塊。由於可以耕種的田地太少，生活艱苦，而且領土的五分之一是小島，海岸成鋸齒狀，港口很多，所以自古以來希臘人便航海到外地去發展。他們的船隻往東走，橫過愛琴海，到達當時的貿易和文化中心小亞細亞，就是今天的土耳其；往西走，橫過地中海，到達義大利和西西里島；再往西，則是西班牙和直布羅陀海峽，這些地方都有希臘的殖民地，希臘文化隨著商船傳播到這裡。

　　由於陸地被高山分隔，交通往來很不方便，每個地方漸漸形成自己的政府，這便是希臘城邦制度的由來。城邦之間常為了搶奪土地而打仗，其中最強的兩個城邦是斯巴達和雅典。斯巴達由少數人統治，擁有強大的陸軍，人民接受軍事教育，身體強健，意志堅定，不但勇敢善戰，且服從命令。雅典是海港，擁有強大的海軍，因為常與外地往來，人民思想開明，崇尚

自由，有選舉權，而且制定了憲法，政事由公民辯論和表決決定，是當時實施民主政治最成功的城邦。

　　斯巴達與雅典爭戰多年，最後，斯巴達獲勝了，沒有多久，斯巴達又被底比斯打敗。由於長期戰亂，希臘各個城邦經濟蕭條，人民生活艱苦，終於在西元前 338 年，北方馬其頓國王菲力趁虛而入，打敗了希臘聯軍，統治希臘。後來他的兒子亞歷山大更建立強大的帝國。從此，希臘便一直在馬其頓人的統治下，到西元前 146 年被羅馬占領為止。

　　在崇尚自由民主的雅典人眼中，馬其頓人根本是蠻族，只會征服其他國家，沒有文化，因此他們對馬其頓人的統治很不服氣，常在議會中發出反對的聲音。亞里斯多德是馬其頓人、亞歷山大的老師，又曾經公開贊成亞歷山大征服世界的計畫，雅典人對他早就不滿了，亞歷山大一死，他們就攻擊亞里斯多德，判他的罪。亞里斯多德生活在這樣不安寧的環境中，卻能研究開創如此多的學問，真是讓人佩服。

兩對著名的師生

我愛老師，但我更愛真理。 —— 亞里斯多德

父親給了我生命，但賦予我生活技能的卻是另一個父親。 —— 亞歷山大大帝

　　亞里斯多德和歷史上兩位鼎鼎有名的人物有師生關係，一位就是他的老師柏拉圖，另一位是他的學生亞歷山大大帝。

　　亞里斯多德十八歲時，前往雅典拜柏拉圖為師。在學院裡，表現傑出，他的聰明才智很快就得到柏拉圖的賞識，讚美他是學院的「理性」。二十年間，他用心學習柏拉圖所有的學問，由於他喜歡觀察萬物，閱讀各種書籍，逐漸形成自己獨立的思想體系，和柏拉圖的看法不同，兩人常常激烈辯論。柏拉圖去世時，亞里斯多德竟然說：「柏拉圖雖死，但是智慧不會死。」

　　但是他並不是不尊敬老師，而是他熱愛真理，勝過一切，因此他曾說：「我愛老師，但我更愛真理。」他不但批評柏拉圖，也批評蘇格拉底和當時所有有學問的人，

今天我們應該感謝他，因為許多古希臘的知識便是因為他對這些人的批評而保存下來的。

亞里斯多德和柏拉圖最大的差別在於柏拉圖偏重文學和哲學，比較主觀，富於

想像；亞里斯多德富於科學精神，比較理性客觀，講究方法。從亞里斯多德以後，哲學便從文學的感性走向科學的理性。

　　柏拉圖曾寫了一本不朽的名著《理想國》，這個理想國和斯巴達近似，由哲學家統治。兒童從小由國家撫養，人民的財產歸於國家，人人都是兄弟姐妹，所有的長輩都是父母，他相信這樣就可以消除人的自私心。亞里斯多德卻認為人間的許多罪惡不是因為財產私有，而是人性有壞的一面。人的本性只顧自己的利益，如果財產都歸公，誰願意勤勞工作呢？誰去管公家的利益呢？所以他主張財產私有，政府只要以仁愛教導人民，人民就會願意讓財產為公家所用。

　　亞歷山大大帝是亞里斯多德的學生，雖然只有短短的幾年，但是他很尊敬亞里斯多德，曾經說:「父親給了我生命，但賦予我生活技能的卻是另一個父親。」這「另一個父親」便是亞里斯多德。他對亞里斯多德的幫助，只有帝王的力量才辦得到。

　　亞里斯多德一生共有四百多部著作，分析了一百五十八種政治制度，蒐集了各種動植物標本，這些都需要大量的整理工作，只憑他一個人的時間和財力是辦不到

的。亞歷山大知道老師熱愛學問，便命令上千的獵人、漁夫、園藝家到各地採集標本。遠征歐洲和亞洲時，他也不忘記要士兵沿途蒐集動植物標本，帶回去給亞里斯多德。

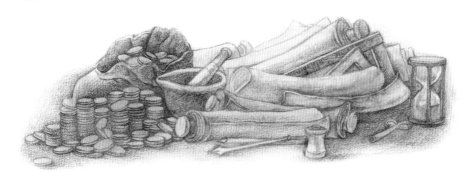

亞歷山大還贈送大量金錢；購買物理與生物儀器；蒐集一百五十八國的憲法；派人研究尼羅河定期氾濫的原因。亞里斯多德在雅典創辦的學院，位於阿波羅萊休姆神廟附近，擁有廣大的運動場和園林，還有第一流的圖書館和動植物園，也是得到政府大筆金錢、物資和土地的幫助，才有這樣大的規模。

亞歷山大熱愛希臘文化，他征服世界的同時，也到各地努力傳揚希臘文化。他在埃及建立的亞歷山大城，成為文化和科學的中心，希臘衰弱之後，希臘文化卻在這裡得以保存下來，後來再從這裡傳回歐洲，從而影響世界文明。

眾多學問的開山祖

　　天地之間幾乎沒有什麼事物亞里斯多德沒有研究過，他把發現記載下來，成為許多學問的開端，包括了生物、物理、天文、氣象、邏輯、哲學、文學戲劇、政治、教育、心理等等。實在是天才加超人哩！他是怎麼辦到的？

　　他的一句名言也許能夠提供答案:「真理的追求一方面很艱苦，另一方面卻很容易，因為沒有人能精通全部的真理，也沒有人會喪失全部的真理。每個人都能增進我們對自然的了解，把所有的事實綜合起來便成為一個偉蹟。」由此可知，他淵博的學問也是靠不斷的努力累積得來的。

　　現在讓我們來看看他在許多學問上的重要觀念和對後代的影響。

生物學

凡能從生物的起源觀察其生長過程的人，才能得到完美的結論。
—— 亞里斯多德

　　小朋友，當你看到天上的星座、太陽、月亮、雷電、彩虹，以及地上的海洋、山嶺、奇花異草、飛禽走獸，會不會從心底讚歎大自然的神奇呢？兩千多年前的亞里斯多德也是一樣，看到大自然的神奇，在驚歎之餘，利用科學方法探索其中的奧妙，結果對西方科學產生深遠的影響。

　　他對自然科學最大的貢獻是生物學。他蒐集許多動植物標本，建立了第一座大規模的動物園，更把五百多種動植物分類，包括一百二十種魚類，六十種昆蟲，解剖了五十多種動物，非常精確的描述牠們的構造。

亞里斯多德把生物按照身體的構造和生活方式，從最低等到最高等排成等級。生物分成植物和動物，動物分成脊椎動物和無脊椎動物。脊椎動物中，又把鳥和魚分開，有毛的胎生動物（即哺乳動物）和冷血的卵生動物（爬蟲類和兩棲類）分開，鳥類、蝙蝠和昆蟲雖然都會飛行，但是牠們卻屬於不同的種類。

相鄰等級的生物非常相似，有時很難歸類。但是，他看出鳥類與爬蟲類構造類似，猴子介於人與四足動物之間。他還觀察海豚生產，發現牠們就像人類一樣，是在海豚媽媽的胎盤中孕育小海豚，所以海豚不是魚類，應該是哺乳類才對，他的觀察超前時代這麼多，一直到兩千年以後，後代的科學家才承認他是對的。

動物有的一起居住，有的獨來獨往，他說這都是為了找尋食物方便。在動物小寶寶孕育的過程中，眼睛、耳朵、鼻子、嘴巴先長成，然後是牙齒的排列，最後是眼睛的顏色。這都是他長期靠細心觀察得來的結論，實在了不起！

　　但是他也犯了不少錯誤，當時希臘已有人提出進化論的主張，他卻不相信，一直到兩千兩百年後，達爾文提出進化論，主張生物是演化而來的，人是猴子演化而來，而最能適應環境的生物才能生存。又如，他不相信植物也有雌性與雄性，人體有肌肉、大動脈和大靜脈，他還說過「男人的頭骨和牙齒比女人多」這樣可笑的話呢！

　　儘管如此，這些錯誤都不能掩蓋他對生物學的輝煌貢獻，尤其是他創立的生物分類方法，直到今天，生物學的分類仍然建立在他的基礎上，只是更加細密而已。

物理與天文

每個運動的物體都有一個推動者。——亞里斯多德

「物理」這個名詞是亞里斯多德創造的，但是他在物理學和天文學方面所犯的錯誤之多之大，有時甚至成了科學發展的絆腳石。不過，在他的時代，精密的研究儀器還沒有發明，他只能憑肉眼觀察，而且兩千多年來沒有人突破他的想法，主要是因為中古時代的教會把他的學說奉為權威，壓制不同的主張而造成的。

他的第一個錯誤是「物體在外力推動下沿直線運動，最後終會停止」。比方說在地上滾動棒球，球向前動了一會兒就停止了。但是誰讓你的身體產生力量推動球呢？這樣一直追溯上去，一定有第一個推動者。中古時代，基督教會認為亞里斯多德所說的「第一推動者」就是上帝，於是把他的學說和基督教教義結合起來，成為無上的權威。

一直到西元 1590 年，這個理論才被義大利科學家伽利略推翻了。他提出了慣性的觀念，指出物體是「靜者恆靜，動者恆動」，比方說，棒球沿著直線向前動，本

來會一直向前，它會停下來是因為有摩擦力的緣故，如果沒有摩擦力，運動就不會停止。你推一張桌子，只要一鬆手，桌子就停了，但是扔一個球，球會滾很遠才停

下來，這是因為球的滾動使摩擦力小了很多。

他的第二個錯誤是自由落體，他說：「重的東西落下的速度比輕的東西快」，譬如石頭比羽毛落得快，其實這也是摩擦力做的怪，這回是空氣的摩擦力。結果又是伽利略證明亞里斯多德錯了，他從比薩斜塔上丟下兩個圓球，一個重，一個輕，結果兩個圓球同時丟下，同時落地，因為球形的東西空氣阻力相似推翻了亞里斯多德的學說。如果兩千多年前的人能創造真空的環境，羽毛和石頭也會同時落下呢！

亞里斯多德的第三個錯誤是「地球為宇宙的中心」，他反對「太陽為宇宙的中心」的學說，主張地球不動，太陽和其他星球環繞著地球旋轉。地是球形的，地球上的物質由泥土、空氣、火和水四種元素組成。天體由第五種元素「以太」構成，它完美且永遠不變，它的運動不是直線，而是繞地球做等速圓周運動，所有會變的東西如彗星、流星都在地球大氣層內。

16世紀初，波蘭天文學家哥白尼用數學計算行星軌道，發現如果以太陽為宇宙中心，計算比較準確，這和亞里斯多德的學說不同，哥白尼被自己的發現嚇壞了，

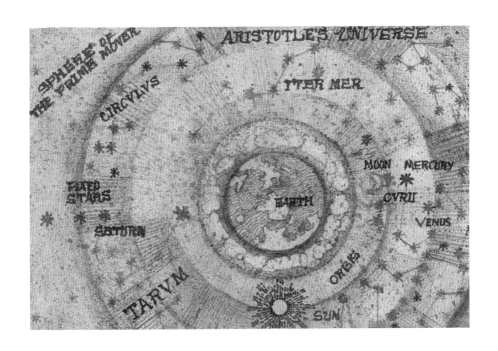

他知道若是提出來，一定會遭到教會嚴厲的審判，所以一直等到臨死時才發表。後來伽利略用天文望遠鏡觀察天象，看到金星的形狀和大小不斷變化，木星有四大衛星，證實地球不是宇宙的中心，哥白尼是對的。

　　亞里斯多德還討論了行星、彗星、流星、彩虹、視覺和一些初期的化學觀念。儘管有不少錯誤，但是他在只能靠肉眼觀察的環境下，提出這麼多的理論，在兩千多年中，沒有人能推翻或突破，也可見他的影響力了。

氣象 (ㄒㄧㄤ)

大自然所做的一切都不是無用的。──亞里斯多德

歷史上最早討論氣象的著作是亞里斯多德的《氣象學》。17世紀末以前，西方氣象學的著作，都無法超越他的理論。

亞里斯多德無論研究哪一門學問，範圍都很廣，氣象學也不例外。他研究氣候從很短的時間到億萬年的變化，也研究所有和空氣、水、陸地有關的東西，譬如水的性質、現象與分佈、河流、風、地震、雷、閃電等等，甚至還包括地球的歷史、人類文明的循環呢！

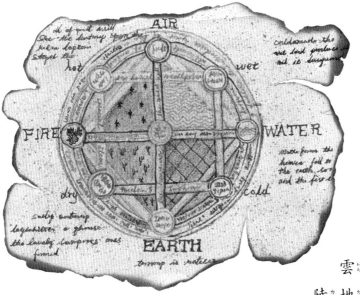

他對地球歷史的看法和今天的差不多，譬如，陽光照射海洋，海水蒸發成水氣，水氣在天上聚集成雲，雨水落到陸地上，這樣循

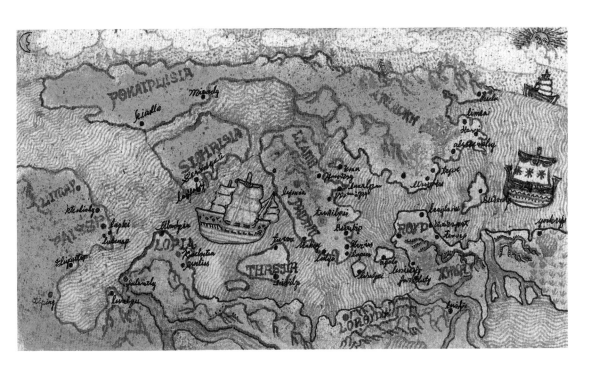

環不已。年代久了，大河的水會枯乾，甚至根本就不見了，陸地也會改變形狀；海洋經過幾千年的沉積，變成田地，舊的大陸消失，新的大陸產生，正是所謂的「滄海桑田」。但這些改變有一定的秩序和循環週期，是很長一段時間造成的。

　　每隔一段時期，地層發生變動，帶來大災難，毀滅地球上所有的生命和文明，世界回歸到原始。然後第二次文明又經歷同樣的過程，從創造到黑暗期，然後有文藝復興，科學發明和藝術創造，人類的文明又達頂峰，這時候，大災難再度降臨，地球的歷史就這樣生生滅滅，循環不已。

理則學

人的特殊之處，就是具有理性。——亞里斯多德

　　我們聽到有人說話沒有道理時，便笑他「不合邏輯啦！」什麼是邏輯呢？邏輯就是思想或推理的方法，邏輯學又稱為理則學，是用思考的方法歸納或推衍出一些原則，用來訓練我們思想有條理。這個方法非常實用，譬如說偵探辦案就是運用邏輯方法，從蛛絲馬跡的線索，逐步推理，找出犯案的人。

　　理則學的創始人是亞里斯多德。他認為思想要有條理，第一步必須把名詞定義弄清楚，這個觀念來自師祖蘇格拉底。蘇格拉底從來不提出答案，只是用不斷的反問，逼學生把所說的話定義清楚。凡事講求科學方法的亞里斯多德便創造了一套方法幫助人們下定義。用他的方法，任何事物都可以先歸於一個門類之中，然後找出它在那個門類中與眾不同的地方，譬如人屬於動物這個門類，人和其他動物不同的地方是人有理性，所以人的定義就是「理性的動物」。

　　他對哲學最偉大的貢獻是三段論法。

所謂三段論法包括大前提、小前提與結論三個部分。從大前提和小前提推衍出來的便是結論，比如說「人是理性的動物」是大前提，「孔子是人」是小前提，結論就是「孔子是理性的動物」。不過，三段論法的缺點是，大前提不一定是對的，所以得到的結論不一定對。但是這個方法卻非常有用，訓練我們思想清晰有條理。

　　他又提出歸納和演繹兩種方法，對後代科學家用數學邏輯來證明科學原理，影響很大。歸納法是當我們無法得到全部資料時，從一部分資料來推斷全部，找出一個法則或解釋。譬如我們見到太陽從東方升起，便推斷太陽永遠從東方升起。演繹法則是從已知的一項事實來推論下一項事實。如果第一項是真，第二項也是真；如果第一項不是真，第二項也不是真。譬如「凡喝酒的人都會臉紅」，他沒有臉紅，所以他沒有喝酒，但是我們知道有人喝酒不會臉紅，這個結論不對，所以「凡喝酒的人都會臉紅」這個事實是不對的。因此我們平日對於不太確定的事，不要隨便使用「凡是」、「永遠」、「總是」來下定論，很可能就被人指出「不合邏輯」喔！

亞歷山大去世後，西方世界陷入長期的戰亂，一直到西元 5 世紀，才有人把亞里斯多德的理則學翻譯出來，傳到歐洲。歐洲人學會了推理的方法，建立新的思考方式，開始質疑神權思想，這便是近代文明的開始。

文學戲劇

透過憐憫和恐懼，達到洗滌情緒的作用。——亞里斯多德

　　亞里斯多德不但在科學方面有很大的影響，在文學上也有重要的地位，他是第一個對文學作品提出分析和批評的人。

　　在《詩學》這本著作裡，他以古希臘著名的文學作品為例，如〈伊底帕斯王〉和荷馬的史詩，提出了他對文學戲劇的看法。他太喜歡分類和下定義，不但用在科學和哲學上，也用在文學理論上，譬如他替喜劇和悲劇下定義，分析戲劇中應該有哪些成分，如情節、性格等等都有清楚的定義。他認為所有的戲劇都是為了娛樂觀眾，不同的是，悲劇是通過憐憫，喜劇是通過歡笑。

　　他認為戲劇最重要的是情節，也就是動作。戲劇是作家用誇張的手法來描寫人的生活和行為，用戲劇、詩歌、語言和音樂的方式表現，顯露出人性相通的地方。一部好作品，故事必須完美、沒有漏洞，文字語言要優美動人，情節發展要乾淨俐落，更要能讓觀眾感動，從而得到啟示。

　　所以，戲劇中的人物不應該是零缺點

的聖人或徹底的大壞蛋，而應該是像我們一樣的普通人，有時善良，有時有點壞心眼，他的不幸通常是他自己的錯誤和性格上的弱點造成的，作家的工作就是寫出這個人在命運的打擊下表現出來的品格，這樣才能引起觀眾的同情。因此，他說悲劇是「透過憐憫和恐懼，達到洗滌情緒的作用」，讓觀眾看了以後，發洩心中鬱悶的情緒。

政治學

法治應當優於一人之治。──亞里斯多德

　　亞里斯多德的《政治學》一書是收集了 158 個城邦國家政治制度的資料，比較研究之後寫成的。

　　他說「人是政治的動物」，個人只有生活在國家中才有意義。如同人的身體，個人是四肢，國家是全身，全身毀壞了，手和腳也無法單獨存活，所以國家比個人重要，個人應當服從國家。國家的責任是讓人民豐衣足食，身體健康，品德高尚。

　　民主政治的發源地是雅典，但是亞里斯多德卻不認為這是最好的政治制度，他認為貴族政治最好，不過真正行得通的是立憲政治。正如航海家最能解決航海的問題，數學家最能解決數學問題，政治也應該讓懂政治的人來決定。由幾個有學問又有德行的人來共同治理國家的貴族政治最好，但缺點是，有錢人越來越多的時候，就會用金錢來影響政府，真正的人才反而不受重視了。

　　他不贊成雅典的民主政治，因為多數最不可靠，民眾很容易會被狡猾的政客欺

騙、操縱，犧牲有才幹的人。如果一切事務都由多數表決而不是由法律決定，就不可能是真正的民主，因為這樣的法律不具有一般性。如果能把民主政治和貴族政治結合在一起，訂出一部憲法，符合大多數人的願望，把各種問題都定義清楚，選出才德兼備的人來擔任公職，藉著軍事、政治、財產等各種力量的合作，這樣的立憲政府最符合實際的需要。

亞里斯多德早就有三權分立的思想，所謂「三權分立」就是把政府的權力劃分為行政、立法和司法三部分，由三個機構負責，立法部門（如立法院）負責制定法律，行政部門（如行政院）按照法律，治理國家，司法部門（如司法院）負責解釋法規和裁判，這樣就可以產生互相制衡的作用，防止權力集中於一個人或一個團體時，因濫用而造成對自由的妨礙。亞里斯多德認為如果三個機構都有良好的組織，政府就會健全，他的《政治學》一書是歷史上最早提出國家分權的著作。後來，經過17世紀英國人洛克和18世紀法國人孟德斯鳩的發揚光大，「三權分立」的理論，成為後代民主國家的憲政基礎。

心理學、倫理學與其他

習慣是人類的第二天性。—— 亞里斯多德

　　亞里斯多德對於人的心理和行為也非常好奇。他討論了感覺、知覺、記憶、聯想、想像、慾望、夢和情緒等等。他曾說「習慣是人類的第二天性」，強調好習慣的重要。

　　他還分析人的行為不外乎七種原因造成的：機會、天性、強迫、習慣、理性、熱情和慾望。他寫的《論靈魂》一書，是人類歷史上第一部心理學著作。

　　由於他學問淵博，很多人向他請教人生問題，於是他寫了一本《倫理學》，提出對人生問題的看法。他認為人生的目的在追求快樂，人和其他動物不同是因為人有思考的能力，如果我們能盡量發展思考能力，便能獲得美滿的人生。快樂的主要條件是過理智的生活，這要靠清晰的判斷和自制的能力才能達到。錢財和朋友可以增加我們的快樂，但是真正的快樂來自心靈上的快樂，和對知識真理的追求。

　　美德不是天生，而是養成的習慣，獲得美德最快的方法是實行「中庸之道」，

也就是說行事為人恰到好處，絕不要走極端。譬如說，有人是大懶蟲，有人是貪心不足，我們就做個既不懶惰也不貪心，但很有進取心的人。有人很小氣，有人亂花錢，我們就做個既不小氣，也不奢侈，但是很慷慨的人。有人常常怨恨別人，有人討好他人，我們就既不怨恨也不討好，而是當別人的朋友。美德便是這樣的行為得來的。

亞里斯多德是尤列比底之後，第一個組織圖書館的人，他收集了大量的書，發明了圖書分類原則。教育方面，他強調理性的重要，應注意身體、品德和智慧的和諧發展。

他有許多常被人們引用的金玉良言，很能代表他的思想。譬如：

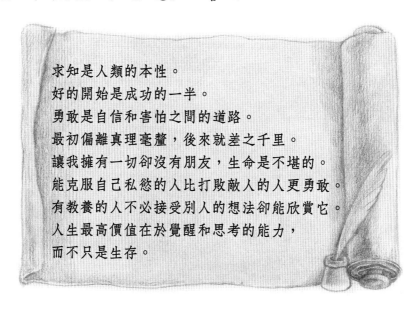

求知是人類的本性。
好的開始是成功的一半。
勇敢是自信和害怕之間的道路。
最初偏離真理毫釐，後來就差之千里。
讓我擁有一切卻沒有朋友，生命是不堪的。
能克服自己私慾的人比打敗敵人的人更勇敢。
有教養的人不必接受別人的想法卻能欣賞它。
人生最高價值在於覺醒和思考的能力，
而不只是生存。

這位「會走動的百科全書」對世界的影響，確實讓人驚歎，兩千多年來，人們一提到「邏輯」，指的是亞里斯多德的邏輯；提起「哲學家」而沒有稱名道姓，指的是亞里斯多德。他是「科學之父」——在他之前，科學剛剛起步，在他之後，科學誕生。直到今天大學的課堂上，無論是生物學、政治學、理則學、氣象學、物理學、天文學、文學戲劇、哲學或是心理學等，老師都要從亞里斯多德談起。比起這位最博學的人，古今中外任何學者都要黯然失色哩！

►亞里斯多德►►►
小檔案

前384年　出生於希臘北部馬其頓境內的斯坦歌拉城。

前366年　前往雅典，跟隨柏拉圖研究哲學二十年，是柏拉圖最得意的學生。

前347年　在柏拉圖去世後離開雅典，返回小亞細亞海邊，辦了一所學校。

前343年　成為馬其頓國王菲力的兒子 —— 亞歷山大的家庭教師。

前338年　馬其頓國王菲力統一希臘。

前336年　菲力國王被刺身亡，亞歷山大繼承王位，積極擴張領土。

前335年　在雅典創辦萊修姆學院。

前323年　在亞歷山大病逝後，遭到雅典人判罪，因而離開雅典到加爾西斯。

前322年　逝世。

寫書的人

姚嘉為

臺大外文系學士，美國明尼蘇達大學大眾傳播碩士，休士頓大學電腦碩士，現任美國石油公司電腦分析師。曾為北美《世界日報》撰寫「盡心集」、「海外華人安身立命系列」、「網際隨想」等專欄，曾任美南華文寫作協會會長，現為海外華文女作家協會會員。出版作品有《深情不留白》、《震撼舞臺的人——戲說莎士比亞》、《放風箏的手》，並有個人網站「姚嘉為的網際隨想」(www.chiawei.org)。曾獲梁實秋文學獎散文獎、譯文首獎和譯詩獎，《中央日報》海外華文創作散文獎、北美華文作協散文首獎、海外華文著述獎。

畫畫的人

翱子

湖南大學工業設計系教師，一位快樂的創作著圖畫書的年輕媽媽，喜歡和寶寶在一起共同閱讀圖畫書，分享其中的種種樂趣。閱讀的這些圖畫書中，當然也包括一些她自己的作品，如《紅狐狸》、《石頭不見了》(獲第五屆圖畫故事類小太陽獎)、《讓天鵝跳芭蕾舞——最最俄國的柴可夫斯基》等。現在《會走動的百科全書——聽亞里斯多德說天道地》又和大家見面了，衷心希望它能為自己的寶寶和許許多多小朋友所喜愛。

兒童文學叢書

影響世界的人

在沒有主色，沒有英雄的年代
為孩子建立正確的方向
這是最佳的選擇

一套十二本，介紹十二位「影響世界的人」，看：

釋迦牟尼、耶穌、穆罕默德如何影響世界的信仰？

孔子、亞里斯多德、許懷哲如何影響世界的思想？

牛頓、居禮夫人、愛因斯坦如何影響世界的科學發展？

貝爾便利多少人對愛的傳遞？

孟德爾引起多少人對生命的解讀？

馬可波羅激發多少人對世界的探索？

他們曾是影響世界的人，
而您的孩子將是——
未來影響世界的人